Dem Himmel zu fern

sora

Dem Himmel zu fern

Inhalt

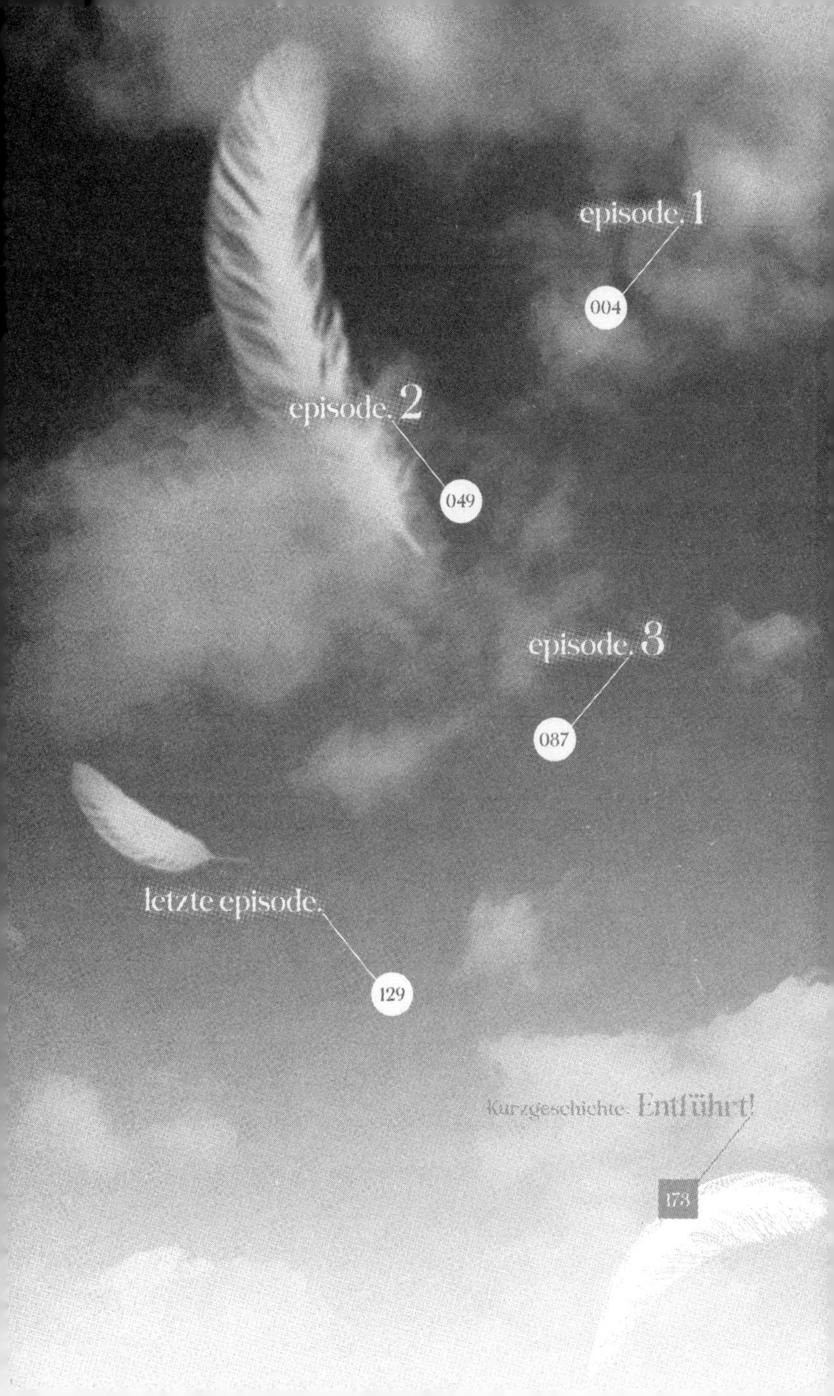

episode. 1

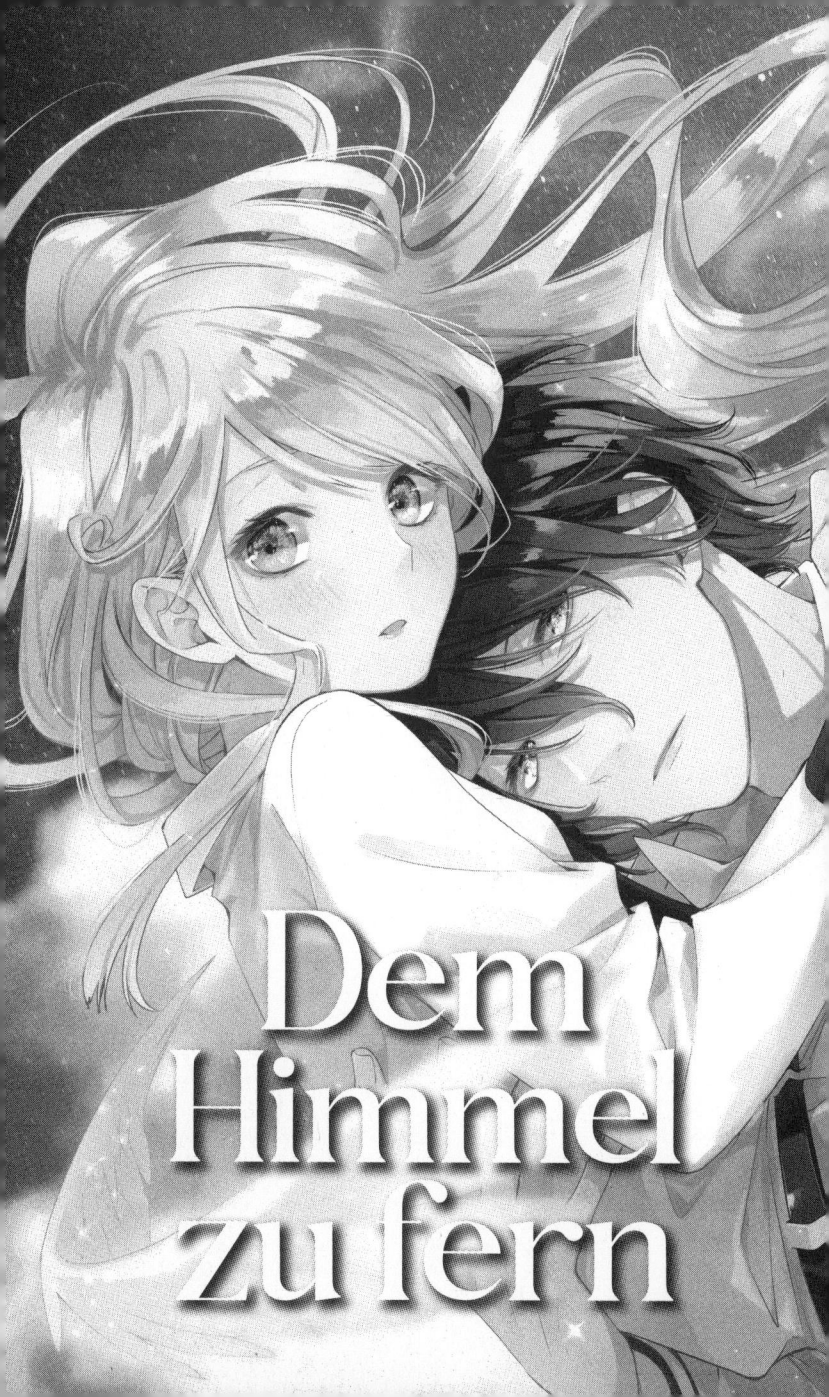

Dem Himmel zu fern

Dem Himmel zu fern

... und ehe man sich's versieht ...

... nimmt das Meer inzwischen gut 90 % der Erdoberfläche ein ...

Als Folge der Erderwärmung und des Anstiegs des Meeresspiegels ...

... zwingen das Leben auf der Erde, sich fortzuentwickeln.

Die sich im Laufe der Zeit wandelnden Umweltbedingungen ...

... schreiben wir das Jahr 3015 ...

... kann fliegen.

... und die Menschheit ...

Mit einer Ausnahme.

Haaah

... müssen auch ständig übertreiben.

Menschen ...

Schnüff

Ha ha ha!

Kya ha ha!

Die anderen lachen mich immer aus.

»Du kannst nicht fliegen?! Wie lahm! Lol.«

Mobbing war für mich stets etwas Alltägliches.

Rückblick Ende

Meine Sachen!!!

Meine neue Schule ist die einzige mit Treppe.

»Von nun an geht's bergauf!«, dachte ich mir ...

Nicht doch! Immer optimistisch bleiben!

Ich herrsche dafür über den Erdboden!

Sagt mal ...

... aber ...

Aah

わー

...
Tag für Tag sehnsüchtig in den Himmel zu blicken.

Mir bleibt nichts anderes übrig, als aus einer Höhe von null Metern über dem Meeresspiegel ...

Ich mach nur 'ne Diät!!

Uwah! Voll aggressiv.

Chhhh~

Wupp

Sie könnte doch einfach fliegen.

Schweb

Warum benutzt die denn die Treppe?

Zuck

Eine aus der alten **Drop**-Generation?

Und wenn das die aus den Gerüchten ist?

Äh ...

Solange noch ein Funken Hoffnung besteht ...

... gebe ich nicht auf.

Von so einer langen Treppe ...

Aber wer weiß ...

Vielleicht kann ich ja auch irgendwann auf einmal fliegen.

Wupp

Das weiß ich nur ...

... wenn ich es ausprobiere!

Pling

... könnte es mit dem Fliegen klappen!

Langer Sprung

Besonders schlau war ich leider noch nie.

ズロ
ロ
ロ
ロ

Voll-
tref-
fer

Tschack

... oder kannst du nicht fliegen?

Irre ich mich ...

Ich fühl mich ... heute nicht so fit.

...

K... Keine Panik! Auch das kann ich vertuschen!

I...

Schwitz

だらだら

Schwitz

D... Das glaubst du doch selber nicht!!

Und warum ...

... fällst du dann wie ein Stein?

Einen warmen Begrüßungsapplaus bitte!

Dass wir in derselben Klasse landen ...

Ihr kennt euch ja bereits alle aus der Mittelstufe ...

... aber dieses Jahr stoßen zwei neue Mitschüler zu uns.

Seid nett zu ihnen, ja?

Haah

Haah

Haah

Und ... ich bin ... Tsubasa ... Shinkai ...

Ich heiße Ren Takatsuki.

Tuschel

Klatsch

Tuschel

Klatsch

Er weiß es garantiert!

Die Treppe hat es in sich, was?

Flüster

Warum so verschwitzt, Tsubasa?

Lehrer

Ich bin nur so nervös.

Ignorieren Sie's einfach.

Badumm

Dann bleibt mir nichts anderes übrig ...

Hah Hah

Wir sind Besties aus 'nem früheren Leben! ☆

Ich kenn die erst seit heute.

Ach, ihr zwei seid Freunde?

Ich würde gern neben Ren sitzen!

Du bist voll nass!

Bleib mir vom Leib!

Bitte!! Darf ich?!

Gut! Jetzt kann ich ihn ...

Und ich werd nicht gefragt?

Ignorieren Sie mich?

Beste Freunde will ich natürlich nicht trennen.

Grooh

... jeden Tag überwachen!!

Ding

Dong

Dang

Dang

Hah は あ

Jetzt hör schon auf, mich zu stalken.

Ich sag dein Geheimnis schon nicht weiter.

ギ ン ッ Grooh

Grooh ギ ン ッ ！

Grooh ギ ン ッ

...

Aber stimmt schon ...

Alle Ohren haben Löcher.

Dein stechender Blick hat mir schon ein Loch ins Ohr gebohrt.

Das ist gut.

Er wirkt nicht so ...

... als hätte er vor, es weiterzuerzählen.

... vertrauenswürdiger ...

... als ich dachte.

Vielleicht ist er ...

Ist er nicht.

Wenn du nicht willst, dass ich ...

Mach meine Aufgaben für mich mit.

Jawohl.

Swsh

?

Ach ja, hier ...

Ich kann schon schwimmen.

Schwimm-unterricht brauch ich nicht.

Tapp Tapp

Jetzt schwänzt du sogar mit mir?

Ding

Dong

Dang Dang

Und?

Dann konnten Menschen also wirklich schwimmen, bevor sie fliegen lernten.

Hatten wir ja in Geschichte.

Gnark

Dann solltest du vielleicht nicht ... schwänzen ...

Ich schaff nicht mal einen Meter.

Fwaahh

Wah!

Irgend-
wie
...

... kommt
es mir so
vor
...

Jetzt tust du stark?

Ha ha

Gar nicht wahr! Auch am Boden lebt es sich super!

... hat nicht fliegen zu können nur Nachteile.

Du Arme.

...

Zack

Davon, was ihr täglich vom Himmel aus seht ...

... kann ich nur träumen ...

... aber ...!

Du hast ...

... doch ganz viele Landschaften fotografiert.

Äh? Ja.

Ich zeig dir ...

... was wir im Alltag sehen.

... und hast dazu noch nie Ja gesagt.

Ich wette, du warst immer zu stur ...

Mir ist jetzt nicht danach!

Ugh!

Gwapp

ガ!!
シッ

Braus

Nein, danke!!

Wah! Hilfe.

Und im Gegenzug ...

...

... die du ganz für dich alleine hast.

... zeigst du mir auch mal die Aussicht ...

Schade.

...eigener Kraft erreichen kann...

... erfüllt mich sicher nur mit Leere.

Ach so.

Dabei hab ich dich extra hier hochgebracht.

Wupp

Hä?

Spinnt der?! Er hat mich doch gegen meinen Willen...

... einfach mit...

...ge...

Waaaaaaaa...a

Aber
...

Aa あ

W つ ね あ ä あ あ n ä あ あ

Aaah あ

Ich hatte keine Angst.

Uh ...

W... Was ...

Wääh ...

Hattest du so doll Angst?

Wahr- scheinlich weine ich nur ...

... aus Frustration darüber ...

Behalt solche Gedanken für dich!!

Voll hässlich, wie du weinst.

... wie glücklich mich der Moment gemacht hat.

Gewöhn dich dran, Bestie.

Verfolgst du mich heute wieder den ganzen Tag?

Hwah

ふわ

Srrt

ゴゴ

Jaja. Hab schon verstanden, Bestie.

Stille

Nee ... Ich hab gerade ein ziemliches ...

Was wird das? Ein Streich?

Tsubasa Shinkai ist ein Drop und kann nicht fliegen!

... Déjà-vu.

Ich hab ... ... euch gestern zusammen fliegen sehen.

Verdächtige doch nicht deinen Bestie als Ersten!

Ist das dein Werk?

Grsch

Erzähl doch mal.

... ich wette, du bist hier der Drop.

Er käme auch infrage, aber ...

Gwapp
Finden wir doch raus ...
... ob du auch die Wahr-heit sagst.
Dann komm mal mit!
Mo...! Wo bringt ihr ihn hin?!
Flupp
Na, zum Meer!
Ist doch klar!
Wupp
Zum Meer ?!
Die wollen in die Gefah-renzone?
Uwah!

Wenn du lügst, rückst du jetzt besser mit der Sprache raus.
Ich war mir eigentlich sicher, dass es das Mädchen ist.
…
Wollt ihr … … 'nen Vorwand, um sie zu mobben, oder was?
Ach, stehst du auf sie?
Oje.
Kann verstehen, dass du sie dann ärgern willst, aber …
Laber keinen Scheiß!
So leid es mir tut …
Wupp
… aber gelogen …
… hab ich nicht.

... bei ihm ist es ...

A a a a h !!

Dein erster?

Argh! Das war kein ...!! Aaah!!

... aber ...

Ich hasse sie alle ...

... vielleicht ein kleines bisschen anders.

Wieso haben Sie den Drop, den Sie hier angenommen haben ...

Frau Rekto- rin.

Ein Mädchen, das nicht fliegen kann ...

Das ... ... bietet sich doch an.

... ausgerechnet mit Ihrem Sohn in eine Klasse gesteckt?

... und ein Junge, der die Fähigkeit zu fliegen bald verliert ...

So eine Begegnung ist fast wie Schicksal.

episode. 2

Ah!!
Jetzt war-
te doch
mal!

Huch?

...
wenn
ich dich
weiterhin
erpressen
kann.

Bringt
mir ja
auch
was
...

...

Murmel

Tapp

Tapp

Tapp

Aha.

**Ich
bereu es
grade so sehr,
dir gedankt
zu haben.**

Nichts zu
danken.

Ach?

Was
an der
Info-
tafel.

Murmel

Was
schauen
die denn
alle an?

Murmel

Badamm

Schüler an der Küste gesichtet
Natürliche Schwimmer existier... doch?!

Drops (Menschen, die nicht fliegen können)
gibt es noch heute!

Gründlichen Nachforschungen zufolge handelt es sich bei der von Gerüchten umwobenen ...erson, die nicht fliegen kann, ...m Tsubasa Shinkai, die in diesem Jahr neu an die Schule gekommen ist! Ren Takatsuki, der ebenfalls dieses Jahr hier eingeschult wurde,

Diese Aufnahme von gestern zeigt zwei Gestalten an der Küste, bei denen es sich vermutlich um Tsubasa und Ren handelt.

Was?

Äh ...

...

Badadamm

...ten...wobenen
...ie nicht fliegen

um Tsubasa Shinkai, die in
...iesem Jahr neu an die
Sch...e gekommen...ist!

Diese A...
gestern
Küste
um...

...auk..., der ebenfalls dies...
...wurde

waruuuum?!

A...A... Aber ... Aber ...

Du bist ja doch schon aufgeflogen.

Weil digitales Zeitalter und so.

Gestern hat uns also jemand gesehen.

Bezweifle ich.

Kann ich mich da irgendwie rausreden?

Ohoo !!

Raun

Raun

Ist sie das?

Da!

Flopp

Die zwei von der Küste ... ... seid ihr, oder?!

Das friedliche Schulleben ist hiermit beendet.

Ich habe lang und gründlich über euch recherchiert! ☆

Lügen ist zwecklos!

Du verwechselst uns.

Hättet ihr Zeit für ein kurzes Interview?

Wurzel des Übels ↓

Gestatten? Ich leite hier den News-Klub!

Zwölfte Klasse! ★ ☆

!!

Piks

Diesen Artikel hab ich verfasst ...

Mysterien zu ergründen ist mein Lebenszweck!!

Wupp

... anatomisch von uns unterscheidet!!

Ich will nur wissen, inwiefern sich ein Drop ...

... aber im Grunde ist mir schnuppe, wer von euch beiden nicht fliegen kann.

Niemand hat gefragt.

Tapp

Tschüss.

Wenn du eh aufgeflogen bist, kann ich ja gehen.

Tapp

Tapp

Aah!

Du Verräter!!

Du bist doch noch ...

... aus einem anderen Grund interessant.

Grapp

Nicht so schnell!

Das Drumherumgerede war mir lieber.

Lasst mich an euch beiden rumexperimentieren, ja? ☆ Gut!

Genug drum rumgeredet.

?

Kommt mit! ☆

Aus 'nem anderen Grund?

Kya ha!

Die hat doch 'nen Knall!!

Was meint sie?

Fiuuh

Ding
Dang
Dong
Dang

Also dann!

Ich auch?

Oh! Die Glocke! Der Unterricht fängt an!

Das ist eine Katastrophe.

Ah!!

Jetzt wissen es alle!!

Hey, ist sie das?

Die, die nicht fliegen kann!

Tuschel

Die beiden sind ...

Tuschel

Am Pranger

Jetzt bist du berühmt! Glückwunsch.

Eine Verrückte hat uns im Visier ...

... und offenbar bleibt mir ...

... gar kein Spielraum mehr für Ausflüchte.

Hah

Hah

Ich war doch so entschlossen, hier nicht aufzufliegen!!
Drip
Drop
Dumm gelaufen.
Ha ha!
Lässt du meine ...
... Hand trotzdem mal los?
Ich würd ganz gern fliegen.
Ah
S... Sorry ...
Wupp
Laufen strengt voll an.
Fwah
Stimmt ja.
Wir hängen ja nur zusammen ab, weil ich ...
... sichergehen wollte, dass er mich nicht verrät.

Jetzt gibt es keinen Grund mehr, zusammen zu sein.

Zuck

... wird über ihn auch noch gelästert.

Wenn wir zusammen rumhängen ...

Wieso gibt sich Ren überhaupt mit 'nem Drop ab?

Tadapp

Und schwänz nicht, klar?!

Tadapp

Stürm

Ich hab Bauchweh und muss ins Krankenzimmer!

Sag's dem Lehrer, ja?

Schweb

Schweb

Gehst du mal endlich rein?

Worauf wartest du?

Ich, ähm ...

Es macht mir nichts aus.

Ich bin's ja schon gewohnt.

...

Alles ist genauso wie früher.

Die Lästereien ...

... die Blicke ...

Tsubasa! Es ist Zeit fürs Krankenhaus.

... der Abstand ...

Ding
キーン

Dang
コーン

Dong
カーン

Ja
...

Ich komm damit klar.

Aber ich will nicht zurück zum Klassenraum ...

Die tuscheln sicher alle über mich.

Hah ...

Ups ... Jetzt hab ich echt zwei Stunden lang gepennt.

Fwah

Aah, Mann! Warum Trübsal blasen?
Dann bin ich eben aufgeflogen!!
Tschack
Wupp
Ich weiß ja, wie der Hase läuft!
Irgendwie werd ich …
… es wieder …
Gwooh

Hä? Warum interessieren die sich überhaupt für dich?

Ah ... Hm ...

Ich musste fliehen.

In der Pause hat mir wieder diese Irre aufgelauert.

Oh ...

Ah ha haaa!

Mit dem gesamten News-Klub

Reeeen!

Wa... Wa... Was machst du hier?!

Hast du mich erschreckt!!

Dodomm

Dodomm

Dodomm

Du schwänzt? Unfair.

Wie auch immer ... Hast du keine Angst davor ...

... auch ausgegrenzt zu werden, wenn du jetzt noch ...

Ach so?

Hm ...

... weil ich mit dir zusammen am Meer war ...?

Ein Mensch, der sowohl fliegen als auch schwimmen kann, wär 'ne Sensation.

Vielleicht denken die, dass ich schwimmen kann ...

Uh...

Also dann, meine wunderbare beste Freundin ...

Domp

Stopp! Hast du nicht! Du bist mein allerbester Freund!!

Oder ich hab's falsch verstanden.

In dem Fall tschüss.

Wenn du willst, dass wir Freunde ... du ... alle Aufgabe für mich. Das ist dir klar, oder?

... für die nächste Stunde gleich für mich mit schreiben.

Den Entschuldigungsbrief fürs Schwänzen kannst du ...

Ist ja schon gut! Du kriegst, was du willst!!

Darum geht es ihm also!

Ding
Dang
Dong
Jetzt haben wir den komplet-ten Vormittag geschwänzt.
Ich hab Hunger. Kauf mir was.
Sklavin
Jawohl.
Pling Plang Plong Plang
Good afternoon!! An alle Schü-lerinnen und Schüler! ☆
Hattet ihr einen schönen Vormittag? ☆
Ding
Der News-Klub hat 'ne Bitte an euch! ☆
Diese nervige Stimme gehört doch ...
Wusst ich's doch.

Shaa

Wenn ihr fliegt ...

Ähm ...

... ist das doch unfair!

Tapp

Feiglinge! Kommt gefälligst runter!

Schon haben wir sie eingeholt.

Schnappen wir sie uns!

Wie langsam die sind!

Ich lach mich schlapp.

Mir tun die Füße weh und ich hab Seitenstiche ...

Ah!

Waaaah!!

Hier geht's nicht weiter!

... aber das ist ja fast, als ob ...

Badump

Wupp

Tsubasa! Hab ich dich!
☆

Hinterhalt

Wer sich zu sicher fühlt ...

... wird zur leichten Beute.

Gwapp

Tsu☆-ba☆-saaaa!! ☆

W a h !!

Domp

Du da vom News-Klub!

Wenn ich sie fange, krieg ich den halben Finderlohn, oder?

Klammer

Waaa...?!

Du Verrä-ter!!

Schon wieder ...?!

Wa...

... sind die Infos über Ren, die mir ...

... die Rektorin verboten hat zu veröffentlichen.

Flüster

Und keine Sorge, die ist wasserdicht!

Ich schenk sie dir! ☆

Sicher kriegst du danach Lust, mich wiederzusehen.

?

Informationen?

Kommt nicht zu spät zum Unterricht! ☆

Macht's gut!

Fwah

Ah!

Wart auf mich!

Ich will keinen Eintrag!!

Woah!

Die Pause ist ja gleich vorbei!

Platsch

Also dann ...

Platsch

episode. 3

Nach dem gestrigen Ereignis ...

Hah

... weiß hier inzwischen ...

Außerdem ...

Jetzt reicht's langsam mit den Seufzern.

Jemand soll sie mal ansprechen!

Tuschel

Tuschel

Tuschel

... wirklich jeder Bescheid.

Gilt das mit dem Finderlohn noch?

Das ist die, die nicht fliegen kann, oder?

Dir scheint's ja wieder prächtig zu gehen.

... ist er gestern zusammen-geklappt, aber ...

... jetzt tut er ganz normal.

...

Die Rekto-rin ...

... meinte dazu auch nur so ...

Hab doch gesagt, dass das kein Fall für den Arzt war.

Krnch

Keine Angst, der schläft bloß.

Alles gut.

... als sie ihn aufge-sammelt haben, aber ...

Krch

Batsch

?!

D...
Die zwei waren das!!

Tut mir leid...

Hey, Ren!

Fwah

Fwah

... dass wir dich ins Meer geworfen haben.

Habt ihr über Nacht auf einmal ein Gewissen gekriegt?

Genau genommen hab ich mich eh selbst fallen lassen.

Schon okay.

Mir tut's auch leid.

Uff. Sei doch still, Drop!

D...

Lass uns Freunde sein!

Ren!

Dann konntest du gar kein Drop sein!

Du bist der Sohn der Rektorin, oder?

Das hat sicher auch die rumerzählt ...

Das hör ich zum ersten Mal!

Bestie ..?

War aber auch kein Geheimnis oder so.

Der Sohn der Rektorin?!

Ja.

Kommst du auch zur Party, Drop?

Hey, hörst du mich?

Aber ...

... das ...

Wenn sie Bescheid weiß, muss ich mir wohl keine Sorgen machen, oder?

Hey, Drop!

Kommst du nächste Woche zur Willkommensparty für die Neuen?

Ich zeig dir den Weg!

Also darum ...

... sollte ich sie gestern rufen.

Eine Party?

...

Ich hab gehört, dass er vorher 'ne Zeit lang im Ausland gelebt hat!

Also richtig hoch qualifiziert?!

Dann muss ich ihn auf jeden Fall fragen!

Was für 'ne Party ist das denn?

Die Willkommensparty für die neuen Schüler.

Fwah

Tapp

Davon reden doch alle schon den ganzen Tag.

Du kriegst heut echt gar nichts mit.

Ach so?

Es ist logisch, dass du als Neuer nicht Bescheid weißt (und der Drop auch nicht)!

Das ist nur 'ne klei- ne Kennen- lernfeier!

Am Ende wird noch getanzt!

Zuck

»Nur« ...?

Yay
Yay

Warum dann all der Trubel?

Und? Nimmst du teil?

Es wurde wohl schon immer mehr Wirbel um die Partnersuche für den Ball gemacht als um das eigentliche Event.

Ist so ähnlich wie ein Prom.

Die sind ja alle schon seit der Grundschule hier.

Kyah!

Kyah!

Äh?

Ach so ...

Kyaa

Hat dich schon jemand gefragt?

Bisher noch niemand!

Ja! Und dich?

...

Man tanzt sicher in der Luft ...

... und ich kann nicht fliegen.

Nee. Natürlich nicht.

Ah!

Ren ...

Wo gehst du hin?

くるっ Wupp

So, genug geplaudert!

Als Nächstes testen wir Ausdauerflug! Kommt!

Jaja!

Tapp Tapp スタ スタ スタ

Ich setz aus.

Der Lehrer weiß schon Bescheid.

... fliegt er nicht ...

Oh ... Wieder ...

Wenn ich zurück-denke ...

ist Ren bisher ...

... nur selten geflogen.

Vielleicht war das gestern nur ein Schwä-cheanfall?

... weil es ihm zurzeit einfach nicht so gut geht?

Ey, Drop!

Na und?

Ich geh sowieso nicht zur Party!

Du hast doch garantiert noch keinen Partner!

Sicher, dass du hier Zeit verplempern solltest?

Ha ha ha!

!

Er weist alle zurück, weil er

...

... angeblich nicht tanzen will.

Ren hat dir auch schon 'ne Abfuhr erteilt, was?

Ach, gib's ruhig zu!

Patt

ポン

Was, wenn es weniger ums Wollen geht ...

Er will nicht tanzen ...?

... sondern vielmehr ums Können ...?
Na ja, Kopf hoch!
Einer von uns kann ja dein Partner sein!
Für 500 Yen* ... ... geh ich mit dir hin.
Die Gebühr ist ja so human.
I... Ist das ein Witz ...
Nee, kein Witz.
Ist ernst gemeint!

* Ca. 3 Euro.

Die finden's einfach lustig, mich zu ärgern.

Als ob.

Manche von denen meinten's vielleicht wirklich ernst.

Mal nicht alles schwarz.

Gehst du zur Party, Ren?

Äh ...

Am Tag der Party komm ich am besten gar nicht erst zur Schule.

Ach.

Ver- stehe ...

Warum? Wenn du doch eh nicht tan- zen willst ...

Ja.

Hm

Sag mal ...

Zu der Party ...

Ah!

...

Als Sohn der Rektorin musst du gewisse Erwartungen erfüllen, was?

Ha ha ha

Hast du schon 'nen Partner?

Reißt der Strom denn niemals ab?!

Badump ドキッ

Hey, Drop!

Da bist du ja!

Hiie!

Grapp

Sorry,
aber
...

...
ich bin
schon ihr
Partner.

Ging das nicht auch etwas sanfter?!

So richtig durchdacht hab ich das nicht.

Hah
...

Fwah

Tapp

Du bist voll schwer.

Die Sorge hätte ich mir wirklich sparen können.

Jetzt konnte er wieder problemlos fliegen.

Als der grad sagte ...

... ihn interessiert, wie ich so lebe ...

... aber du hast mir auch ein bisschen geholfen.

Auf die grobe Behandlung hätt ich verzichten können ...

So hast du seine Worte interpretiert?

Der wollte mich bestimmt aufschneiden und sezieren.

Was führst du diesmal im Schilde?!

↑ Hat dazugelernt

Ja, hab ich.

Hast du dich vorhin nicht als mein Partner bezeichnet?

Hä, warte ...

Du rechnest nur noch mit dem Schlimmsten, was?

Du Arme.

Ich soll deine Sklavin sein, oder?

Wenn wir zusammen hingehen ...

Dann freu dich.

Ich hab eh nicht vor zu tanzen.

...
dient uns das beiden als gute Ausrede, um andere Leute abzuwimmeln.

Ach ...

Wenn du mich ...

...

...
zur Party begleitest, würde mir das einiges erleichtern ...

Nicht fair.

... mein Bestie.

... kann ich nicht ablehnen.

Na schön! Aber die 500 Yen bezahl ich nicht!!

Ähm, was?

Egal, wie wenig Lust ich auf die Party hab ...

... wenn er so was sagt ...

Plauder

Plapper

Plauder

Plapper

Plapper

Plapper

Hier wurde bei der Planung nicht geknausert.

Hm, hm ...

Mampf

Schau mal, wie prächtig die sich alle schon amüsieren.

Mampf

Ich hatte noch nicht mal ein Dessert!

Das hat noch Platz? Wow.

Du scheinst es dir auch sehr gut gehen zu lassen.

S... Stimmt doch gar nicht!

Nee.

Weißt du, warum sie das Buffet diesmal unten aufgebaut haben?

... standen die Tische wohl immer da oben.

Vom Buffet.

In den vorherigen Jahren ...

Was? Wovon reden die?

Nenn mich bitte nie wieder so.

D...

Du lieber Sohnemann!!

Ich hab die Rektorin drum gebeten, sie diesmal ...

... unten aufzustellen.

Wenn ich dich schon hierhin mit-schleppe ...

...

... ist das das Geringste, was ich für dich tun kann.

...

... dass ich mit jemandem hier sein würde ...

... der so viel Rücksicht auf mich nimmt, hätte ich mich ...

Bitte.

Hätte ich gewusst ...

D...

Danke ...

Ich hab's nicht nur für dich gemacht.

ボッ

Flüster

...

... vielleicht gar nicht so geziert.

Weil
ich mit dir
hier bin
...

Du brauchst
mir nicht zu
danken.

Hm?

Sollen
wir?

Vernich-
ten wir
sie?

Warum
ausgerech-
net dieser
Drop?

...
kriegst
du jetzt den
geballten Hass
aller ab, die ich
abgewiesen
hab.

Tut
mir echt
leid.

Ugh ...
Na, danke
für den
Dämpfer.

...
weil du
dir so was
anhören
musst?

Wolltest
du nicht
teilneh-
men
...

...

...

Die kann
doch nicht
mal fliegen!

Nee, das war nicht der Grund ...
Ah
Dieses Lied ...
Fwah
ふわ
Fwah
ふわ
Hey, schau mal!
Ah ...

Hab gehört, Ren hat sie aus Mitleid eingeladen.

Ob der Drop auch tanzt?

Kch クス
Kch クス

Das sieht sicher komisch aus!

Ohne zu fliegen?

Wie will sie denn tanzen?

Ich bin's ja gewohnt.

Immer schaue ich hoch ...

Alles gut.

...

Alles okay?

...

Mit dir?
Das hab ich
nicht gesagt.

Äh ... Aber ...
ich dachte,
du willst nicht
tanzen ...?

?!

Was?

Warum
auf
einmal
...

Mo...

Ich
...

...
kann
doch nicht
fliegen! Wie
soll das
...

Ich
hab nicht
gesagt, in
der Luft.

Der Erdboden ist doch ...

»Dafür hab ich alle Ausblicke ...

... vom Boden aus nur für mich!«

...

...
dein unumstrittenes Reich, oder nicht?

Ich hatte alles für mich beansprucht ...

Falsch ...

Jetzt ist es ...

... unser gemeinsames Reich.

Aber ...

... sie fällt voll auf ...

Das macht sie sicher aus Sturheit.

Ha ha!

Die tanzen ja am Boden!

Raun

Echt!

Raun

Raun

Guck mal runter!

Raun

124

letzte episode.

Ich
kann
nicht
mehr
...

...
so frei
fliegen, wie
ich will.

Sohn der Rektorin

Der will echt nur angeben ...

Ich durfte oft mit ins Forschungslabor.

'ne Verwandte ist da Professorin an 'ner Uni.

Und ...?

Ach ja, darüber hab ich ein paar Mädchen reden hören ...

... weil ich damals aus Versehen ...

Ich kann nicht mehr richtig fliegen ...

... ein Testmedikament aus dem Labor geschluckt hab.

Kindern schon.

Selbst ich war mal klein.

Kann so was wirklich passieren ...?!

Äh ...

Was?!

So viel dazu.

Hast du's kapiert?

Ich bin also nicht krank.

Mehr erklärt er nicht?!

Flugprobleme...

...Müdigkeitsattacken...

Beides Nebenwirkungen des Medikaments.

K... Klar hab ich das kapiert!

Sieh an! Ein Genie.

Jedenfalls...

...wollte ich dich um was bitten.

...trau ich mich nicht nachzuhaken.

Ehrlich gesagt, blick ich gar nicht durch...

...aber weil er das so leichthin gesagt hat...

Zeig mir am Wochenende...

... wie dein Privatleben so ist.
Was?
Ich will wissen, was mich erwartet ...
... wenn ich nicht mehr fliegen kann.
Du willst mich einen ganzen Tag lang beglei-ten ...?
Muss das sein?
Du hängst in der Schule doch auch wie 'ne Klette an mir.
Also bitte!!
Ist doch klar, dass beste Freun-de immer zusammen sind!!
Ja.
Daran war gar nichts seltsam ...
Nicht wahr?

Weil ich nie
Freunde
hatte
...

...
weiß ich nicht,
wie nahe ich ihm
bei dem Thema
treten darf.

Und
...

»... was mich
erwartet, wenn
ich nicht mehr
fliegen kann.«

...

...
widerstrebt
mir gleich aus
mehreren
Gründen
...

...
ihm zu zeigen,
wie ich als
Drop lebe
...

...

?

D...

Nichts.

Ähm...

Was ist?

Hier!!

Davon kriegt man Muskeln!

Hat also durchaus 'nen Vorteil!

Hah ... Okay.

Das ist mir ...

... so unangenehm ...

... ist er am Ende doch sicher megadeprimiert.

Warum so unnatürlich aufgedreht?

U... Ui! Leitern hochklettern macht voll Spaß!

Wenn er sieht, wie man als Drop lebt ...

Wolltest du nicht wissen, wie ich lebe?

H...

Hey!

ス
ク

Tapp

Und stark ist er auch.

Ich bring dich hin, wo du willst.

Hol die Leiter ein andermal nach.

Was machst du gewöhnlich nach dem Einkaufen?

Wie unpraktisch alles ist, weiß ich nun. Also reicht es mit der Leiter.

Er hat genug ...

... kann noch immer fliegen.

Aber er ...

...

141

Uuuwaaah

Also nichts.

Das Gleiche gilt fürs Wochenende.

Äh ...?

Nach dem Einkaufen bin ich so k. o., dass ich nur noch nach Hause will ...

Man kann allein mit einer Leiter Spaß haben?

So was wie Hobbys ...

... hat man als Drop wohl nicht.

Ich zeig dir, wie!

K...

Klar kann man das!

Ah!

Stimmt nicht!

Wenn ich nicht einkaufen muss, unternehm ich auch spaßige Sachen!

142

Na,
was
sagst
du?

Hi
hi
...

...

...
wurde das
Gebäude
als Denkmal
mit Treppe
gebaut.

Weil die
Menschen
früher
nicht fliegen
konnten
...

Ja!

Relikte aus
vergange-
nen Zeiten!

Sind
das
alles
...
Bü-
cher aus
Papier?

Gar nicht mal so übel ... der Ort. ...

Also die perfekte Erholungsoase für Drops!

Oha ...

...

Ich hab selbst Papierbücher. So was interessiert mich.

Warum?

... erwartet, du würdest dich drüber lustig machen.

Ich hatte halb ...

Wie gesagt, ich hab noch bis vor Kurzem im Ausland gelebt.

Und trotzdem warst du noch nie in dieser Bibliothek?

A... Ach ja?

Ach so.

Ich bin auch über-rascht. Du wirkst nicht wie eine, die Bücher liest.

Was soll denn das heißen?

Klar les ich Bücher!

Vor allem alte Manga und so.

Ah, alles klar.

Ah, das!

Flapp

...

Tipp

Das mag ich!

Auch wenn's ein Mär-chen ist.

Das hier ...

!!

Und es riecht hier nach dir.

Das Meer ist so nah ...

Na und? Dafür zahl ich umso weniger Miete.

Nicht übel ...

Schaa

Krchh

Wupp

Wa...!

Wie kannst du ...

... auf einmal so was sagen?!

Was er da wohl geschluckt hat?

... also auch eine Nebenwirkung von diesem Medikament ...

Das ist ...

Einge-pennt ...

Hat er jetzt Ruhe, weil er die Wohnung gesehen hat?

Zzz

...

Ist dir klar, dass du fast gestorben wärst?!

Kriiiii

Na und?

Ob er wohl so gleichgültig war ...

Wie denkst du nun über mein Leben?

Bist du enttäuscht?

Und?

Da ich nie fliegen konnte, kann ich das nicht nachempfinden.

Wie es wohl ist, zu wissen, dass man ...

... bald nicht mehr fliegen kann?

... weil er für seine Zukunft keine Hoffnung mehr sieht?

Tschack

スルッ
Plupp

Das ist ...

Die SD, die mir diese Irre gege- ben hat!!

Die Irre

!

Da soll irgendwas drauf sein, das mit Ren zu tun hat ...?

Die hab ich voll vergessen!

Anpassung ...

Das Abenteuer eines Jungen auf der Suche nach dem ...

... »im Meer schlummernden Himmelsbaum«.

... an das Meer ...

Verwandter einer Professorin der xx-Universität hat vermut... versehentlich ein Medikame... eschluckt, an dem dort derze... eforscht wurde. Der Junge v... bemerkt ins Labor geschlich... wollte, wie er später sagte...

die Entwicklungen

Ein Verwandter einer Professorin an der xx-Universität ...

... hat vermutlich versehentlich ein Medikament geschluckt ...

Ziel des Forschungsprojekts ist es, ein ...

... Mittel zur Steigerung des menschlichen Anpassungsvermögens an die Eigenschaften des Meeres zu finden.

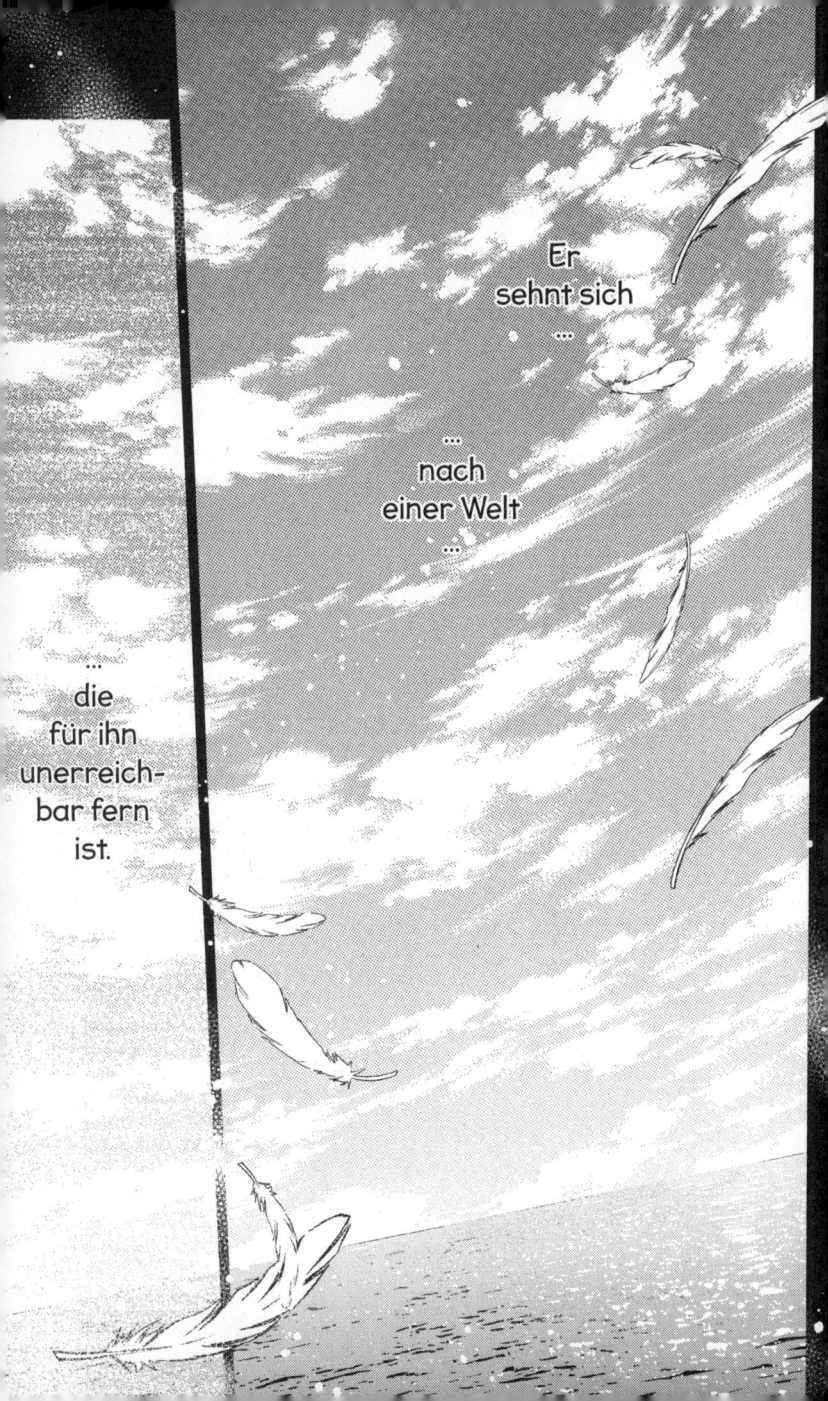

Er
sehnt sich

...

...

nach
einer Welt

...

...
die
für ihn
unerreich-
bar fern
ist.

Äh ...?

...
aber sollte Ihr Sohn wirklich Umgang mit so einer minderwertigen Person pflegen?

Verzeihung ...

Ha ha ha!

Mein Sohn wird zum Rebellen!

Heute macht er also blau?

Hah

Ich zweifle gerade an Ihrem Verstand.

Minderwertig? Das Mädchen?

Darüber können Sie lachen?!

Natürlich nur ...

... mit der Hilfe des Staats, unter dessen Schutz sie schon lange steht.

Wie, glauben Sie ...

... hat sie es bisher geschafft ...

!

... sich als Drop nahezu unbemerkt in die Gesellschaft einzufügen?

Durch die Reflexion des Himmels kann man sich einreden, man fliegt ...?

Hm ...

Aber schwimmen stell ich mir ziemlich anders vor.

Hah?

Hier war mal ein Flughafen.

Ja. Hier drunter ist alles Meer.

Dieser Bereich ist Teil der Gefahrenzone, oder?

Plitsch

Plitsch

Schwapplatsch

Slip

... ein Loch sein ...

Jedenfalls ...

... müsste irgendwo hier ...

Platsch

Ha ha!

Du hast es gefunden!

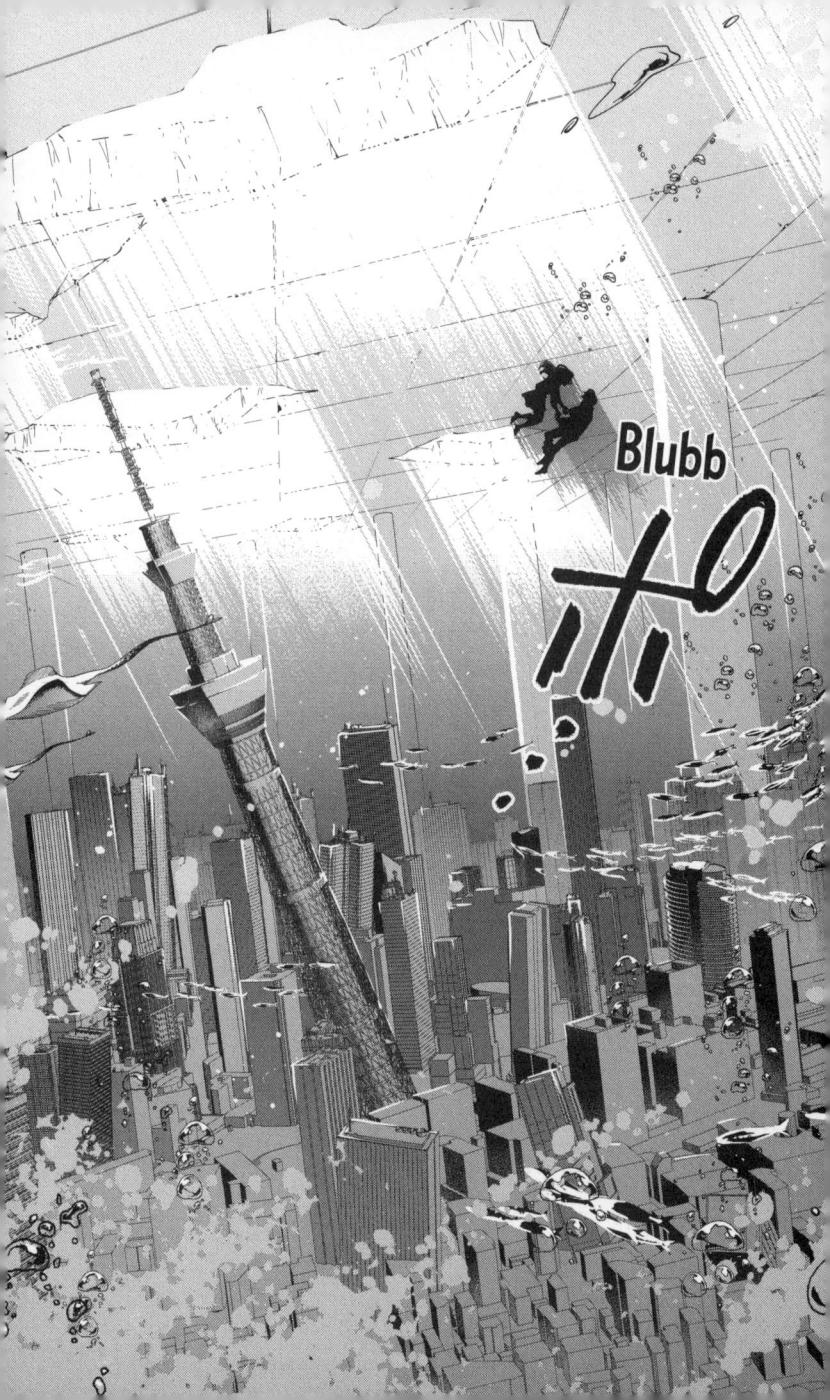

Im Jahr 3015 ...

Selbst bei Freundschaften bin ich ziemlich eifersüchtig.

... erheben sich Menschen aus Furcht vor dem Meer in die Lüfte.

Warum wirst du so rot? Du hast mich doch schon mal geküsst.

Ich sagte doch, das war kein Kuss!

Batsch

Au.

Mit zwei Ausnahmen.

Das hattest du verdient!

Dem Himmel zu fern/ Ende

Dem Himmel zu fern

Dem Himmel zu fern

Aliens gibt's nur in irgendwelchen Geschichten …

Ich werde sicher nie einem begegnen, dachte ich …

Wrrr
ヴヴヴ

Wrrr
ヴヴヴ

Wrrr
ヴヴヴ

Wrrr
ヴヴ

... erlebt heute ihre allererste Alien-Entführung.

Ako Natori, 17 Jahre, Oberschülerin in der Blüte ihres Lebens ...

Die Erde ist so blau.

Gedanken-stopp

Das hier kann doch niemals real sein!

Ist es nicht absurd, diese Situation überhaupt ernst zu nehmen?

Ah

Komm jetzt, Gehirn! Streng dich an!

Was denk ich denn da?!

Ghii

Ughiii

...wo du einer Befragung unterzogen wirst.

Ich bring dich zu unserem Planeten...

Manual

Ich hab dich als Repräsentant der Erdlinge gefangen genommen.

Ugh Ugh

Was für 'n schräger Traum.

Ich meine, da sitzen Affen...

Genau! Ich träume nur!

Warum ist mein Traum so negativ und chaotisch? Ich muss psychisch echt erschöpft sein.

Ughiii

Und du fristest den Rest deines Lebens als Nutztier bei uns.

...werden wir sie zerstören.

Ugh Ugh

Anhand dieser wird beurteilt, ob die Existenz der Erdlinge uns Vorteile bringt. Sollten wir die Erde als nutzlos befinden...

177

Ist doch eh nur ein Traum.

Die ganze Situation ergibt doch gar keinen Sinn.

Hah...

Ich seh schon, du glaubst mir nicht.

Hey! Du hörst mir gar nicht zu, oder?

Na ja, kein Wunder. Mit diesem Freundschafts-stress, dazu die vielen Tests ...

Plus die hohe Mehr-wert-steuer ...

Kaum Taschen-geld ...

Äh ...

Ein kleiner Schock wird dir ins Hier und Jetzt verhel-fen.

Ach ja?

Badomm

Diese Art von Schock?!

Das ist so cringe, dass ich nicht mal drüber lachen kann.

Smile!

Kennst du die?

Ich hab das peinliche Video, auf dem du das perfekte Lächeln übst, ins Internet gestellt.

Was macht die da?

W...

W... Wie jetzt, mit Elektri-zi....

Oh Gott!

... muss ich dir 'ne Ohrfeige geben.

Das tut dann echt weh.

Wenn du dich der Realität noch immer verschließt ...

Das wär mir von Anfang an lieber gewesen!

Warum ...

Woher hast du das ...?

Ich hab dein sogenanntes Smartphone gehackt.

Zeig mal ein bisschen mehr Autorität!

Sag mal ...

Du bist doch ein Präsident oder so.

Dann ist das echt kein Traum?!

Uh

Aua

Zwick Zwick

Bring mir den von der Erde!

Jemand Wichtiges

vom Chef

Plipp

...

Ich bin nur 'ne ganz normale Oberschülerin ...

I...

Mist. Der Treibstoff reicht nur noch für eine Teleportation.

Ich hab mich schon wieder vertan.

Was nun?

Ughiii

1. Missgriff

2. Missgriff

Ugh Ugh

Darum sind also die Affen hier?!

Der ...

... hat mich verwechselt, oder?

W... Wenn ich doch die Falsche bin, lass mich wieder gehen!

Meine Eltern und Freunde machen sich bestimmt alle Sorgen!

Ich kam doch Stück für Stück näher. Warum regst du dich auf?

Wie konntest du Menschen und Affen verwechseln?!

Weil du mich offenbar als halben Affen siehst!!

Mysteriös, was?

Was das vorhin wohl für ein Licht war?

Das hab ich im Moment deiner Entführung dort platziert.

Yay Yay

Ach nein, dafür hab ich gesorgt.

Dank eines Beispiels der neusten Imitationstechnologie meines Planeten ist dein Verschwinden kein Problem.

Ich bin ganz anders gezeichnet!

Darüber freu ich mich überhaupt nicht.

Hast sogar zwei Körbchengrößen extra gekriegt. Freu dich.

Na und? So fällst du mehr auf. Ist doch schön.

Hm ... Stimmt eigentlich.

Sie ist doch wie immer.

Siehst du?! Schon haben sie's ge...

Aber hey, Ako ... Irgendwas an dir ist doch anders als sonst.

Ja, doch. Hast recht.

Hä, wieso?

Ich weiß selbst, dass ich nicht die Auffälligste bin ...

Von mir willst du das vielleicht nicht hören, aber ...

Kopf hoch.

Plapper

Plapper

Oder warst du beim Frisör?

Nee, war ich nicht!

Echt nicht?

Versuchst du, mich zu trösten?

Also nimm's nicht so persönlich.

Für mich seht ihr Erdlinge alle gleich aus ...

... weil ihr keine Antennen habt.

Patt

Das ist der Gorilla.

Aber das bin nicht ich.

Antennen können doch nicht so 'nen großen Unterschied machen?!
Wrrr
Antennenlose Geschöpfe finden wir schon fast eklig.
Etwa so bizarr wie die Tiefseefische, die's in euren Meeren gibt.
Sagt der mit der Tiefseefischantenne auf dem Kopf!
Wrrr
Na ja. Ich mach diesen Job vor allem aus persönlichem Interesse an fremden Kulturen.
Was, man kriegt so viel Kohle? Den Job will ich!
In deiner Erinnerung merkt man davon aber nichts.
Wie auch immer! Ich will jetzt nach Hause!
Zu deinen oberflächlichen Freundinnen?
Ugh ... Ngh!!
Und überhaupt ... Wie ich vorhin schon gesagt hab ...
Ich hab nicht mehr genug Treibstoff.
Der reicht nur noch für den Rückweg.
Nun ist es aber so ...

Das heißt ...

... aber die Erde wird sicher zerstört.

Vielleicht lassen wir dich als Nutztier am Leben ...

... fällst du mit großer Wahrscheinlichkeit bei der Befragung durch.

Wenn ich dich jetzt mit zu uns nehme ...

Wenn du nicht willst, dass wir die Erde vernichten ...

... musst du jetzt sterben.

Tschck

Soll das eine Pistole sei...

Nein, ich meine ... Heißt »vernichtet«, dass alle sterben?

Hä?

Meine Optionen sind ...

D... Die Erde wird vernichtet?

Schluck

Die Wahl überlass ich dir.

Alle
müssten
sterben
...

Die Leute in
der Schule
...

...

mein Vater
und
...

...
meine
Mutter
...

Das
...

!

Ha
ha
ha
ha!

Da ist eh
niemand
mehr, der
auf dich
wartet.

Kann
dir also
egal sein,
oder?

Pack

Bitte
mach
es
kurz
...

... und
schmerz-
los!

Das
wäre
...

B...

Gwipp
むぎゅう
War doch nur ein Scherz.
Hö?
Hättest du die Erde geopfert, um dein eigenes Leben zu retten ...
... hätt ich das als Beweis gesehen, dass wir alle Erdlinge getrost auslöschen können.
Knautsch
ぎゅう
?!
?!
Aber deine Reaktion gefällt mir.
Knautsch
Wär schade, Geschöpfe wie dich auszurotten.

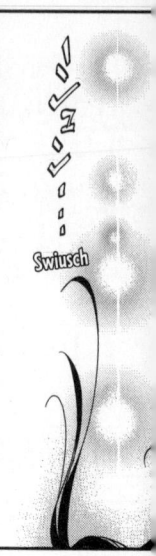

Swiusch

Das ist mein Zu-hause!

Ah! Bin ich ... zurück auf der Erde?!

Ich glaube ...

... der war viel netter, als er tat.

Ich bin nicht sicher ...

... ob das nun ein Traum war oder die Realität ...

... aber ...

Werk des Imitats

Was hast du dir dabei gedacht?!

Ako! Die Polizei hat angerufen! Du bist nackt durch die Straßen gerannt?!

Bin wieder da-haaa!!

Ich hab's heil zurück auf die Erde geschafft!

Aber ist ja auch egal!

Gatschack

Dieser miese Alien!!

Ich will jetzt erst mal ins Bett.

Wenn ich aufwache, war vielleicht doch alles nur ein Traum!

Gatschack

Oh

Das war nicht ich, sondern ...! Argh, ich erklär's später!

Hiergeblieben!! Das Gespräch ist noch nicht beendet!!

Tapp

Tapp

Bring mir 'nen Tee.

Da bist du ja endlich!

Dachte, ihr Japaner seid so gastfreundlich? Na, hopp!

Oh, nach eurem Geschlechterbegriff bin ich ein »Mann«...

... aber verlieb dich nicht in mich, ja?

Ich wohn hier, bis ich tanken kann.

Freut mich.

Ugh Ugh

... bin ich jetzt hier gestrandet.

Weil mein Treibstoff nur noch für einmal Teleportieren gereicht hat ...

Antennenlose Weibchen sind nicht mein Typ.

Hau ab!!!

Swuuuuh

Kurzgeschichte: Entführt! / Ende

🍎 Postscript

Vielen Dank, dass ihr *Dem Himmel zu fern* gelesen habt! Dieses Werk wurde im *Hana to Yume*-Magazin als kurze Serie veröffentlicht. Am Anfang waren nur drei Kapitel geplant, aber am Ende wurden daraus dann irgendwie vier. Da ich zur selben Zeit auch an meiner Langzeitserie *Lieb mich noch, bevor du stirbst* gearbeitet habe, hatte ich etwas Angst, diese Geschichte nicht vollenden zu können, aber irgendwie hat es dann doch geklappt. Zum Glück ... Auch die Kurzgeschichte *Entführt!* am Ende des Bands habe ich parallel zu *Lieb mich noch* [...] gezeichnet. Da ich sie sehr mag, bin ich glücklich, dass ich sie in diesem Band veröffentlichen konnte. Ich habe Lust, bald wieder einen Manga in der Art zu zeichnen. Ich hoffe, dass euch beide Geschichten gefallen haben!

🍎 Thanks

Design
 Kawatani Design

3-D-Arbeiten
 Sakai von Thinkgear

Assistent
 Ono

Magazin-Redaktion
 mein Redakteur

Taschenbuch-Redaktion
 8ball, Noro

Mein besonderer Dank gilt
 meinen Freunden,
 meiner Familie
 und all meinen Lesern.

Vielen Dank!

altraverse

Deutsche Ausgabe / German Edition
Altraverse GmbH – Hamburg 2024
Aus dem Japanischen von Rahel Niedermann

HENYOKU NO DROPS by sora
© sora 2023
All rights reserved.
First published in Japan in 2023 by HAKUSENSHA, Inc., Tokyo.
German language translation rights arranged with HAKUSENSHA, Inc., Tokyo.
through Tuttle-Mori Agency, Inc.

Redaktion: Bettina Lahrs
Herstellung: Cathrin Hamester
Lettering: Vibrant Publishing Studio

Druck: Nørhaven A/S, Viborg
Printed in Denmark

ISBN 978-3-7539-2523-3
1. Auflage 2024

www.altraverse.de